हिन्द पॉकेट बुक्स

AF661849

हमारा राष्ट्रीय गीत

शब्दों व संगीत की वह रचना, जिसे जन गण मन से संबोधित किया जाता है, भारत का राष्ट्रगान है। बदलाव के ऐसे विषय, अवसर आने पर सरकार अधिकृत करे और वन्देमातरम् गान, जिसने कि भारतीय स्वतंत्रता संग्राम में ऐतिहासिक भूमिका निभाई है, को जन गण मन के समकक्ष सम्मान व पद मिले।

भारत के प्रथम राष्ट्रपति डॉ. राजेन्द्र प्रसाद ने भारतीय संविधान परिषद् में ये शब्द कहे थे। वास्तव में हमारा राष्ट्रीय गीत वह रचना है, जो देश के लिए हमारी अटूट भक्ति दर्शाता है। विभिन्न अवसरों पर इसे गाकर हम गौरव से अपना मस्तक ऊंचा करते हैं। यह गीत सारी दुनिया में हमारी राष्ट्रीयता की पहचान कराता है।

बच्चों और किशारों के लिए यह सचित्र पुस्तक हमारे राष्ट्रीय गीत के समूचे इतिहास और उसके महत्व को सामने लाती है। अंत में प्रश्नोत्तरी भी दी गई है, जिससे अपनी परीक्षा आप ले सकें।

लेखक की अन्य पुस्तकें

- हमारे राष्ट्रीय खेल
- हमारा राष्ट्रीय पुष्प कमल
- हमारा राष्ट्रीय पक्षी मोर
- हमारी राष्ट्रीय संस्कृति वैदिक
- हमारा राष्ट्रीय फल आम
- हमारा राष्ट्रीय चिह्न अशोक चक्र
- हमारा राष्ट्रीय वृक्ष बरगद
- हमारी राष्ट्रीय जलचर डॉल्फिन
- हमारी राष्ट्रीय नदी गंगा
- हमारा राष्ट्रीय ग्रंथ गीता
- हमारे राष्ट्रीय पर्व और दिवस
- हमारे राष्ट्रीय स्मारक
- हमारा राष्ट्रीय ध्वज तिरंगा
- हमारे राष्ट्रीय विरासत स्थल
- हमारी राजभाषा हिन्दी
- हमारे नेशनल पार्क
- लोकप्रिय बाल गीत
- हमारे देशभक्ति गीत
- शहीदों के अमर गीत
- महाभारत की कहानियाँ
- पुराणों की कहानियाँ
- रामायण की कहानियाँ
- बेताल पचीसी, दो भागों में
- महापुरुषों का बचपन
- महाराणा प्रताप
- बहादुर बेटी मलाला

सुरुचिपूर्ण एवं प्रेरणादायक सचित्र जानकारियाँ

हमारा राष्ट्रीय गीत

तेजपाल सिंह धामा

हिन्द पॉकेट बुक्स
पेंगुइन रैंडम हाउस इम्प्रिंट

हिन्द पॉकेट बुक्स

यूएसए | कनाडा | यूके | आयरलैंड | ऑस्ट्रेलिया | सिंगापुर
न्यू ज़ीलैंड | भारत | दक्षिण अफ्रीका | चीन

हिन्द पॉकेट बुक्स, पेंगुइन रैंडम हाउस ग्रुप ऑफ़ कम्पनीज़ का हिस्सा है,
जिसका पता global.penguinrandomhouse.com पर मिलेगा

पेंगुइन रैंडम हाउस इंडिया प्रा. लि.,
चौथी मंजिल, कैपिटल टावर -1, एम जी रोड,
गुड़गांव 122 002, हरियाणा, भारत

पेंगुइन
रैंडम हाउस
इंडिया

प्रथम हिन्दी संस्करण हिन्द पॉकेट बुक्स द्वारा 2014 में प्रकाशित
यह हिन्दी संस्करण हिन्द पॉकेट बुक्स में पेंगुइन रैंडम हाउस द्वारा 2022 में प्रकाशित

कॉपीराइट © तेजपाल सिंह धामा

सर्वाधिकार सुरक्षित

10 9 8 7 6 5 4 3 2

इस पुस्तक में व्यक्त विचार लेखक के अपने हैं, जिनका यथासंभव तथ्यात्मक
सत्यापन किया गया है, और इस संबंध में प्रकाशक एवं सहयोगी
प्रकाशक किसी भी रूप में उत्तरदायी नहीं हैं।

ISBN 9789353491123

मुद्रकः रेप्रो इंडिया लिमिटेड

यह पुस्तक इस शर्त पर विक्रय की जा रही है कि प्रकाशक की लिखित पूर्वानुमति के
बिना इसका व्यावसायिक अथवा अन्य किसी भी रूप में उपयोग नहीं किया
जा सकता। इसे पुनः प्रकाशित कर विक्रय या किराए पर नहीं दिया जा
सकता तथा जिल्दबंद अथवा किसी भी अन्य रूप में पाठकों के
मध्य इसका परिचालन नहीं किया जा सकता। ये सभी शर्तें
पुस्तक के ख़रीददार पर भी लागू होंगी। इस संदर्भ में
सभी प्रकाशनाधिकार सुरक्षित हैं।

www.penguin.co.in

MIX
Paper from
responsible sources
FSC® C047271

This is a legitimate digitally printed version of the book and therefore might not
have certain extra finishing on the cover.

अनुक्रमणिका

वंदे मातरं

हमारा राष्ट्रीय गीत

राष्ट्रगान या राष्ट्रीय गीत किसी भी देश की आत्मा तो होती ही है, साथ ही वह हरेक नागरिक की हृदयवाणी भी होती है। यदि परिभाषा की दृष्टि से इस बात को कहें तो हम कह सकते हैं कि ऐसी स्तुति या गान, जो राष्ट्रप्रेम की भावना अभिव्यक्त करता हो तथा शासकीय रूप से आधिकारिक राष्ट्रगान के रूप में स्वीकृत हो या जनसाधारण में लोकप्रिय हो, उसे राष्ट्रगान कहा जाता है।

दुनिया के हरेक देश का अपना-अपना राष्ट्रगान है, जिसे विभिन्न अवसरों पर गाया जाता है और लोग देश के प्रति अपने प्रेम को अभिव्यक्त करते हैं। बच्चो!! हम पहले राष्ट्रगान के इतिहास के बारे में थोड़ा जानेंगे, क्योंकि इतिहास जानना बहुत ही आवश्यक होता है। हमें अपने इतिहास को कभी नहीं भूलना चाहिए, क्योंकि जो देश या जाति अपना इतिहास भूल जाते हैं, वह दुनिया के नक्शे से हमेशा के लिए मिट जाती है, लेकिन हम हमेशा से रहे हैं और हमेशा रहेंगे, इसलिए अपना ही नहीं विश्व का इतिहास भी हमें पता होना ही चाहिए। इसी उद्‌देश्य से हम राष्ट्रगान के इतिहास के बारे में थोड़ा जानने का प्रयास करेंगे।

विश्व में राष्ट्रगान का इतिहास

सबसे पुराना राष्ट्रगान ग्रेट ब्रिटेन का प्रसिद्ध 'गॉड सेव द क्वीन' है, जिसे 1825 में राष्ट्रगान के रूप में वर्णित किया गया था, हालांकि 18वीं सदी के मध्य से ही यह देशप्रेम के गीत के रूप में लोकप्रिय रहा तथा राजसी समारोहों में गाया जाता था।

19वीं तथा 20वीं सदी के आरंभ में अधिकांश यूरोपीय देशों ने ब्रिटेन का अनुसरण किया, कुछ राष्ट्रगान खास उद्देश्य से लिखे गए, जबकि अन्य को पहले से मौजूद धुनों से अपनाया गया।

राष्ट्रगानों की भावनाएं अलग होती हैं, इनमें शासकों के लिए प्रार्थना से लेकर राष्ट्रीय महत्त्व के युद्धों या बगावतों के संकेत, से लेकर राष्ट्रभक्ति की भावना की अभिव्यक्ति होती है। संगीतात्मक गुणों की दृष्टि से राष्ट्रगान में अत्यधिक भिन्नता होती है, यह आवश्यक नहीं है कि संगीत की तरह ही पाठ या पद्य उसी राष्ट्र या देश के नागरिक द्वारा लिखा गया हो। राजनीतिक अथवा अंतर्राष्ट्रीय संबंधों

में परिवर्तन के कारण अक्सर पाठ परिवर्तित किया जाता है या नए राष्ट्रगान को अपना लिया जाता है। उदाहरणार्थ, पूर्व सोवियत संघ ने 19वीं सदी के अंत में दो फ्रांसीसी मजदूरों द्वारा रचित एवं संगीतबद्ध कम्युनिस्ट इंटरनेशनल की जगह 1944 में गिम्न सोवेतस्कोगो सोयुन, को राष्ट्रगान के रूप में अपनाया।

अन्य राष्ट्रों के राष्ट्रगान कुछ ही विख्यात कवियों या रचयिताओं द्वारा लिखे गए हैं। प्रथम ऑस्ट्रियाई राष्ट्रगान गॉड एरहाल्ते फ्रेंज डेन कैसर, इसका विशिष्ट अपवाद है। इसकी रचना 1797 में जोजेफ हेडन ने की थी तथा बाद में (1929) पाठ को बदलकर सेई गेसनेट ओन एन्डे, गाया गया। हेडन की धुन का जर्मन राष्ट्रगान ड्युश्लैंड, ड्युश्लैंड ऊबर ऐले, में भी उपयोग किया गया था। जिसे 1922 में अंगीकार किया गया था।

इसके तीसरे छंद ईनिकी अंड रेश अंड फ्रीही, से आरंभ करके इसका नाम बदलकर ड्यूश्लैंडलेड के नाम से जर्मनी के राष्ट्रगान के रूप में उपयोग जारी है। 1922 के पूर्व जर्मनी का राष्ट्रगान हील डिर इम सीगक्रांज था। यह गॉड सेव द क्वीन की धुन पर गाया जाता था।

हमारा राष्ट्रगान

बच्चो! हमारा भी राष्ट्रगान बहुत सुंदर है और वह भी एक नहीं दो, बल्कि हमारा अपना झंडा गीत भी अलग है। हमारे देश का पावन राष्ट्रीय गीत वंदे मातरम् है, जिसे बंकिमचन्द्र चट्टोपाध्याय ने लिखा है। इसलिए हम पहले थोड़ा बंकिम बाबू के बारे में जानेंगे।

बंकिम बाबू

आधुनिक युग में बंगला साहित्य का उत्थान उन्नीसवीं सदी के मध्य से शुरू हुआ। इसमें राजा राममोहन राय, ईश्वर चन्द्र विद्यासागर, परिचन्द्र मित्र, माईकल मदसूदन दत्त, बंकिम चन्द्र चट्टोपाध्याय, रवीन्द्र नाथ टैगोर ने अग्रणी भूमिका निभायी। इसके पहले बंगाल के साहित्यकार बंगला की जगह संस्कृत या अंग्रेजी में लिखना पसन्द करते थे। बंगला साहित्य में जनमानस तक पैठ बनाने वालों में शायद बंकिम चन्द्र चट्टोपाध्याय पहले साहित्यकार थे।

बंकिम चन्द्र चट्टोपाध्याय का जन्म 26 जून, सन् 1838 में एक परंपरागत और समृद्ध बंगाली परिवार में हुआ था। उनकी शिक्षा हुगली कॉलेज और प्रेसीडेंसी कॉलेज में हुई। 1857 में उन्होंने बीए पास किया और 1869 में कानून की डिग्री हासिल की। इसके बाद उन्होंने सरकारी नौकरी कर ली और 1891 में सरकारी सेवा से रिटायर हुए। उनका निधन अप्रैल 1894 में हुआ। बंकिमचंद्र चटर्जी की पहचान बांग्ला

कवि, उपन्यासकार, लेखक और पत्रकार के रूप में है। उनकी प्रथम प्रकाशित रचना राजमोहन्स वाइफ थी। इसकी रचना अंग्रेजी में की गई थी। उनकी पहली प्रकाशित बांग्ला कृति दुर्गेशनंदिनी मार्च 1865 में छपी थी। यह एक रूमानी रचना है। उनकी अगली रचना का नाम कपालकुंडला (1866) है। इसे उनकी सबसे अधिक रूमानी रचनाओं में से एक माना जाता है। उन्होंने 1872 में मासिक पत्रिका बंगदर्शन का भी प्रकाशन किया। अपनी इस पत्रिका में उन्होंने विषवृक्ष (1873) उपन्यास का क्रमिक रूप से प्रकाशन किया।

आनंदमठ (1882) राजनीतिक उपन्यास है। इस उपन्यास में उत्तर बंगाल में 1773 के संन्यासी विद्रोह का वर्णन किया गया है। इस पुस्तक में देशभक्ति की भावना है। चटर्जी का अंतिम उपन्यास सीताराम (1886) है। इसमें मुस्लिम सत्ता के प्रति एक हिंदू शासक का विरोध दर्शाया गया है।

उनके अन्य उपन्यासों में दुर्गेशनंदिनी, मृणालिनी, इंदिरा, राधारानी, कृष्णकांतेर दफ्तर, देवी चौधरानी और मोचीराम गौरेर जीवनचरित

शामिल हैं। उनकी कविताएं 'ललिता ओ मानस' नामक संग्रह में प्रकाशित हुई। उन्होंने धर्म, सामाजिक और उस समय के मुद्दों पर आधारित कई निबंध भी लिखे।

बंकिमचंद्र के उपन्यासों का भारत की लगभग सभी भाषाओं में अनुवाद किया गया। बांग्ला में सिर्फ बंकिम और शरतचन्द्र चट्टोपाध्याय को यह गौरव हासिल है कि उनकी रचनाएं हिन्दी सहित सभी भारतीय भाषाओं में आज भी चाव से पढ़ी जाती हैं। लोकप्रियता के मामले में बंकिम और शरद रविन्द्र नाथ टैगोर से भी आगे हैं। बंकिम बहुमुखी प्रतिभा वाले रचनाकार थे। उनके कथा साहित्य के अधिकतर पात्र शहरी मध्यम वर्ग के लोग हैं। इनके पात्र आधुनिक जीवन की त्रासदियों और प्राचीन काल की परंपराओं से जुड़ी दिक्कतों से साथ साथ जूझते हैं। यह समस्या भारत भर के किसी भी प्रांत के शहरी मध्यम वर्ग के समक्ष आती है। लिहाजा मध्यम वर्ग का पाठक बंकिम के उपन्यासों में अपनी छवि देखता है।

वंदे मातरम् की पृष्ठभूमि

सन् 1870-80 के दशक में ब्रिटिश शासकों ने सरकारी समारोहों में 'गॉड! सेव द क्वीन' गीत गाया जाना अनिवार्य कर दिया था।

अंग्रेजों के इस आदेश से बंकिमचन्द्र चटर्जी को, जो उन दिनों एक सरकारी अधिकारी (डिप्टी कलेक्टर) थे, बहुत ठेस पहुंची और उन्होंने सम्भवतः 1876 में इसके विकल्प के तौर पर संस्कृत और बांग्ला के मिश्रण से एक नये गीत की रचना की और उसका शीर्षक दिया - 'वन्दे मातरम्'। शुरुआत में इसके केवल दो ही पद रचे गये थे, जो संस्कृत में थे। इन दोनों पदों में केवल मातृभूमि की वन्दना थी। उन्होंने 1882 में जब आनन्द मठ नामक बांग्ला उपन्यास लिखा, तब मातृभूमि के प्रेम से ओतप्रोत इस गीत को भी उसमें शामिल कर लिया। यह उपन्यास अंग्रेजी शासन, जमींदारों के शोषण व प्राकृतिक प्रकोप (अकाल) में मर रही जनता को जागृत करने हेतु अचानक उठ खड़े हुए संन्यासी विद्रोह पर आधारित था। इस तथ्यात्मक इतिहास का उल्लेख बंकिम बाबू ने आनन्द मठ के तीसरे संस्करण में स्वयं ही कर दिया था। और मजे की बात यह है कि सारे तथ्य भी उन्होंने अंग्रेजी विद्वानों-लेग व हण्टर की पुस्तकों से दिये थे। उपन्यास में यह गीत भवानन्द नाम का एक संन्यासी गाता है। गीत का मुखड़ा विशुद्ध संस्कृत में इस प्रकार है :

वन्दे मातरम् !
सुजलां सुफलां मलयज शीतलाम्,
शस्य श्यामलां मातरम् ।

मुखड़े के बाद वाला पद भी संस्कृत में ही है।

शुभ्र ज्योत्स्नां पुलकित यमिनीम्,
फुल्ल कुसुमित द्रुमदल शोभिनीम्
सुहासिनीं सुमधुर भाषिणीम्, सुखदां वरदां मातरम् ।

किन्तु उपन्यास में इस गीत के आगे जो पद लिखे गये थे वे उपन्यास की मूल भाषा अर्थात् बांग्ला में ही थे। बाद वाले इन सभी पदों में मातृभूमि की दुर्गा के रूप में स्तुति की गई है। यह गीत रविवार, कार्तिक सुदी नवमी, शके 1797 (7 नवम्बर 1876) को पूरा हुआ।

बंगाल में चले आजादी के आंदोलन में विभिन्न रैलियों में जोश भरने के लिए बंकिम बाबू का वंदे मातरम् गीत गाया जाने लगा। धीरे-धीरे यह गीत लोगों में लोकप्रिय हो गया। ब्रिटानी हुकूमत इसकी लोकप्रियता से सशंकित हो उठी और उसने इस पर प्रतिबंध लगाने पर विचार करना शुरू कर दिया।

1896 में भारतीय राष्ट्रीय कांग्रेस के कलकत्ता अधिवेशन में भी गुरुदेव रवीन्द्रनाथ टैगोर ने यह गीत गाया। पांच साल बाद यानी 1901 में कलकत्ता में हुए एक अन्य अधिवेशन में श्री चरन दास ने यह गीत पुनः गाया। सन् 1905 में बनारस में हुए अधिवेशन में इस गीत को सरला देवी चौधरानी ने स्वर दिया।

कांग्रेस के अधिवेशनों के अलावा भी आजादी के आंदोलन के दौरान इस गीत के प्रयोग के काफी उदाहरण मौजूद हैं। लाला लाजपत राय ने लाहौर से जिस जर्नल का प्रकाशन शुरू किया, उसका नाम 'वंदे मातरम्' रखा। अंग्रेजों की गोली

भीखाजी कामा

का शिकार बनकर दम तोड़ने वाली आजादी की दीवानी मातंगिनी हजारा की जुबान पर अंतिम शब्द 'वंदे मातरम्' ही थे। सन् 1907 में मैडम भीखाजी कामा ने जब जर्मनी के स्टुटगार्ट में तिरंगा फहराया तो उसके मध्य में 'वंदे मातरम्' ही लिखा हुआ था। भीखाजी कामा इस गीत को बड़े ही मधुर स्वर में गाती भी थीं।

राष्ट्रीय एकता को मजबूत करने में गीत, संगीत और नृत्य की महती भूमिका होती है। लोगों को एकसूत्र में बांधने के साथ ही संगीतकला मन को खुशी भी देती है।

सर्वप्रथम 1882 में प्रकाशित इस गीत को पहले पहल 7 सितंबर, 1905 में कांग्रेस अधिवेशन में राष्ट्रगीत का दर्जा दिया गया। इसीलिए 2005 में इसके सौ वर्ष पूरे होने के उपलक्ष में 1 वर्ष के समारोह का आयोजन किया गया। 7 सितंबर, 2006 में इस समारोह के समापन के अवसर पर मानव संसाधन मंत्रालय ने इस गीत को स्कूलों में गाए जाने पर बल दिया। हालांकि इसका विरोध होने पर उस समय के मानव संसाधन विकास मंत्री अर्जुन सिंह ने संसद में कहा कि गीत गाना किसी के लिए आवश्यक नहीं किया गया है, यह स्वेच्छा पर निर्भर करता है।

भारतीय स्वतंत्रता संग्राम में इस वंदे मातरम् गीत की भूमिका पर अनगिनत पृष्ठ लिखे जा चुके हैं और लिखे जाते रहेंगे। 1896 में गुरुदेव रवीन्द्रनाथ ठाकुर से लेकर ए. आर. रहमान तक सैकड़ों गायकों ने वन्देमातरम् गीत को अपनी-अपनी धुनों और स्वरों में गाया है।

5 अगस्त, 1947 को प्रातः 6.30 बजे आकाशवाणी से सुप्रसिद्ध शास्त्रीय गायक पण्डित ओंकारनाथ ठाकुर का राग-देश में निबद्ध वन्देमातरम् के गायन का सजीव प्रसारण हुआ था। आजादी की सुहानी सुबह में देशवासियों के कानों में राष्ट्रभक्ति का मंत्र फूंकने में वन्देमातरम् की भूमिका अविस्मरणीय थी। ओंकारनाथ जी ने पूरा गीत स्टूडियो में खड़े होकर गाया था। अर्थात् उन्होंने इसे राष्ट्रगीत के तौर पर पूरा सम्मान दिया। इस प्रसारण का पूरा श्रेय सरदार बल्लभ

भाई पटेल को जाता है। पण्डित ओंकारनाथ ठाकुर का यह गीत 'दि ग्रामोफोन कम्पनी ऑफ इंडिया' के रिकॉर्ड में आज भी मौजूद है।

24 जनवरी, 1950 को संविधान सभा ने निर्णय लिया कि स्वतंत्रता संग्राम में वन्देमातरम् गीत की उल्लेखनीय भूमिका को देखते हुए इस गीत के प्रथम दो अन्तरों को जन गण मन.. के समकक्ष मान्यता दी जाए। डॉक्टर राजेन्द्र प्रसाद ने संविधान सभा का यह निर्णय सुनाया। वन्दे मातरम् को राष्ट्रगान के समकक्ष मान्यता मिल जाने पर अनेक महत्वपूर्ण राष्ट्रीय अवसरों पर वन्देमातरम् गीत को स्थान मिला। आज भी आकाशवाणी के सभी केन्द्रों का प्रसारण वन्देमातरम् से ही होता है।

आज भी कई सांस्कृतिक और साहित्यिक संस्थाओं में वन्देमातरम् गीत का पूरा-पूरा गायन किया जाता है। 1952 में बंकिमचन्द्र चट्टोपाध्याय के उपन्यास 'आनन्दमठ' पर इसी नाम से एक फिल्म बनी थी, जिसमें वन्देमातरम् गीत भी शामिल था। हेमेन गुप्ता निर्देशित इस फिल्म में हेमन्त कुमार का संगीत है। फिल्म में उस समय के चर्चित कलाकारों – पृथ्वीराज कपूर, भारतभूषण, गीता बाली, प्रदीप कुमार आदि ने अभिनय किया था। फिल्म में हेमंत दा ने वन्दे मातरम् को एक मार्चिंग सांग के रूप में संगीतबद्ध किया। गीत के दो संस्करण हैं : पहले संस्करण में लता मंगेशकर की और दूसरे में हेमन्त कुमार की आवाज है। आनन्दमठ के अलावा लीडर, अमर आशा आदि कुछ अन्य फिल्मों में भी गीत के अंश अथवा इसकी धुन का प्रयोग किया गाया है। कुछ वर्ष पहले संगीतकार ए. आर. रहमान ने महबूब द्वारा किये इसके हिन्दी-उर्दू अनुवाद को गाकर खूब लोकप्रिय हुए थे।

हेडगेवार और वंदे मातरम्

सन 1907 की बात है। उन दिनों डॉ. केशवराव बलिराम हेडगेवार नागपुर के नीलसिटी में दसवी कक्षा के छात्र थे। तब वन्दे मातरम् के महामंत्र से देश गूंज रहा था। वन्दे मातरम् शब्द सुनते ही अंग्रेज शासक कांप उठते थे। उन्हें लगता था कि वन्दे मातरम् उच्चारण करने वाले उनके समाज को चुनौती दे रहे हैं।

एक बार राष्ट्रभक्त छात्रों ने योजना बनायी कि जैसे ही उनके विद्यालय में अंग्रेज निरीक्षक आएं, सभी भारतीय छात्र उठकर उसका वन्दे मातरम् के उद्घोष से स्वागत करेंगे। श्री हेडगेवार के नेतृत्व में छात्रों ने निरीक्षक के आते ही वन्दे मातरम्! का उद्घोष कर दिया। विद्यालय निरीक्षक को यह दृश्य देखकर पसीना आ गया। वह पैर पटकता हुआ नाराज होकर लौट गया।

अंग्रेज निरीक्षक के जाने के बाद प्रिंसिपल ने वन्दे मातरम् का उद्घोष करने वाले छात्रों के विरुद्ध कार्रवाई का आदेश जारी किया। इस पर हेडगेवार ने कहा कि यह योजना मेरी थी, इसलिए केवल मेरे विरुद्ध ही कार्रवाई की जाए।

"तुम्हारी योजना थी, तो तुम्हीं हो जो छात्रों को शिक्षा के मार्ग से भटकाकर दंगे-फसाद के रास्ते पर ले जा रहे हो? देश में सांप्रदायिकता का विष वमन कर रहे हो?"

"श्रीमान् यदि मातृभूमि की वंदना सांप्रदायिकता है, तो फिर यह अपराध मैं बार-बार करूंगा।"

"बार-बार करूंगा", चिढ़ गए थे वह, "जानते हो इसकी सजा क्या होगी?"

"हां, जानता हूं, मुझे विद्यालय से निष्कासित कर दिया जाएगा और किसी अन्य विद्यालय में प्रवेश भी नहीं मिलेगा।"

"जब जानते हो तो एक बार फिर सुन लो, तुम्हें आज ही विद्यालय से निष्कासित कर दिया गया है, तुम जा सकते हो और अब सड़क पर जाकर खूब वंदे मातरम् के जयघोष करो तथा पुलिस के डंडे खाओ, तुम्हें रोकने वाला कोई नहीं।"

''धन्यवाद श्रीमान्! यदि अपनी मातृभूमि की वंदना करना जघन्य अपराध है, तो मैं इस अपराध को बार-बार दोहराता रहूंगा। पुलिस के डंडों की बात तो क्या मैं तो मातृभूमि के लिए फांसी का फंदा भी चूमने को तैयार हूं।''

''चढ़ो फांसी! हम भले ही तुम्हें श्रद्धांजलि न दें, लेकिन हो सकता है देश आजाद हो जाए तो हमारे बच्चे जरूर तुम्हारी समाधि पर फूल मालाएं चढ़ाया करेंगे, परंतु हमें तब भी अफसोस नहीं होगा, क्योंकि हमने अंग्रेज सरकार का नमक खाया है।''

''आप नमक हलाली करें श्रीमान्! हम चलते हैं धरती माता का कर्ज उतारने।'' इतना कहकर वह चल दिया था। श्री हेडगेवार लोकमान्य बाल गंगाधर तिलक और डा. मुंजे जैसे राष्ट्रभक्त नेताओं के संपर्क में आये तथा स्वाधीनता आन्दोलन में सक्रिय भाग लेने लगे। तिलक जी के निधन के बाद आगे चलकर वे 1930 के आन्दोलन में भी जेल गये।

और राम बन गए वंदे मातरम्

जिन दिनों हमें आजादी मिली थी, उन्हीं दिनों हैदराबाद पूरी तरह स्वतंत्र नहीं हुआ था। जनता हैदराबाद में निज़ाम का शासन नहीं चाहती थी, लेकिन निज़ाम ताकत के बल पर शासक बने रहना चाहते थे। इसलिए जनता पर अत्याचार ढाए जाने लगे। रजाकार फील्ड मार्शल कासिम रिजवी के इशारे पर देशभक्तों को तेलंगाना के भयंकर जंगलों में बनाई गई जेलों में ठूंसकर भयंकर यातनाएं दी जाने लगी। लेकिन जनता की आवाज भला जुल्मों से कब दबाई जा

सकती है। निज़ाम सरकार जनता पर जितने अधिक अत्याचार ढाती, जन आंदोलन उतना ही तीव्र होता। हैदराबाद रियासत ने स्वतंत्रता की घोषणा के साथ-साथ सभी प्रमुख राष्ट्रवादी संस्थाओं पर भी प्रतिबंध लगा दिया था। प्रतिबंधित की गई संस्थाओं में आर्य समाज भी प्रमुख संस्था थी। आर्य समाज यहां से महात्मा आनंद स्वामी के संपादन में हिन्दी 'मिलाप' साप्ताहिक निकालता था, जिसमें निज़ाम के अत्याचारों का खुलासा किया जाता था। निज़ाम ने इस पत्र पर भी पूर्ण प्रतिबंध लगा दिया, तो यह निज़ाम की रियासत से कहीं बाहर प्रकाशित होने लगा। इस प्रतिबंधित अख़बार में एक लेख में निज़ाम की तीव्र आलोचना की गई थी और उसके कई अमानवीय अत्याचारों को तो सप्रमाण छापा गया था।

उस अहम लेख के लेखक थे एक बहुत ही उत्साही वीर आर्य समाजी

रामचंद्रराव। लेख पढ़कर निज़ाम आग बबूला हो गए और रामचंद्रराव को तुरंत जिंदा या मुर्दा पकड़ने के आदेश जारी कर दिए गए। राज्यभर में जासूसों का जाल फैल गया और अंततः मुखबिर की निशानदेही पर रामचंद्रराव को गिरफ्तार कर लिया गया। उसे निर्दयी निज़ाम की अदालत में पेश किया गया और उस पर राजद्रोह का आरोप लगाया गया। जज ने उसे तुरंत सौ कोड़े लगाने की सजा दी।

हथकड़ियों से बंधे हुए रामचंद्रराव को चौराहे पर लाया गया और उसको जैसे ही जल्लाद ने पहला कोड़ा मारा, तो रामचंद्र के मुख से निकला, "वंदे मातरम्।"

उसके कोमल से बदन पर फिर दूसरा कोड़ा पड़ा तो उसके हृदय से फिर वंदे मातरम् के उद्गार ही व्यक्त हुए। कोड़े की मार जितनी भयंकर होती थी, रामचंद्र के मुख से वंदे मातरम् का उद्घोष उतना ही तीव्र होता था। कोड़े बरसते गए, रामचंद्रराव का शरीर लहूलुहान हो गया, लेकिन उसके मुख से वंदे मातरम् का जयघोष रुका नहीं। सौ कोड़े लगाने के बाद उसे सड़क पर सिसकने के लिए छोड़ दिया गया। लेकिन जैसे ही निज़ाम के गुर्गे उस मृतप्रायः रामचंद्रराव को मरने के लिए छोड़ गए तो वैसे लोगों ने उसे कंधों पर उठा लिया और फिर देखते ही देखते लोगों का समूह एक स्वतंत्रता की ज्योति-यात्रा में बदल गया।

युवा हृदय सम्राट नरेंद्र ने इस स्वतंत्रता की ज्योति-यात्रा का नेतृत्व किया और लोगों ने रामचंद्रराव के शरीर से रिसते रक्त को मस्तक पर लगाकर अपने को धन्य किया। सारा हैदराबाद वंदे मातरम् के गगनभेदी नारों से गूंज उठा, लेकिन यह उन नारों में गूंजने वाला वंदे मातरम् का स्वर बंकिम बाबू के आनंदमठ के गीत का शब्द नहीं था, बल्कि यह तो रामचंद्रराव का नया नाम था अर्थात् रामचंद्रराव अब वंदे मातरम् के नाम से लोकप्रिय हो गए थे। समाचार पत्रों में इस समाचार के प्रकाशित होते ही देशभर की आर्य समाजों से सत्याग्रहियों के जत्थे के जत्थे जाने लगे और इस प्रकार निज़ाम और रज़ाकार के अत्याचारों से मुक्ति के लिए हैदराबाद की स्वतंत्रता की पृष्ठभूमि तैयार हुई।

वंदे मातरम् को राष्ट्रगीत बनाया

जब आजाद भारत का नया संविधान लिखा जा रहा था, तब वंदे मातरम् को न राष्ट्रगान के रूप में अपनाया गया और न ही उसे राष्ट्रगीत का दर्जा मिला। लेकिन संविधान सभा के अध्यक्ष और भारत के पहले राष्ट्रपति राजेन्द्र प्रसाद ने 24 जनवरी 1950 को घोषणा की कि वंदे मातरम् को राष्ट्रगीत का दर्जा दिया जा रहा है।

बंकिमचन्द्र चट्टोपाध्याय द्वारा संस्कृत बांग्ला मिश्रित भाषा में रचित इस गीत का प्रकाशन सन् 1882 में उनके उपन्यास आनन्द मठ में अन्तर्निहित गीत के रूप में हुआ था। इस उपन्यास में यह गीत भवानन्द नाम के संन्यासी द्वारा गाया गया है। इसकी धुन यदुनाथ भट्टाचार्य ने बनायी थी। लेकिन कुछ लोगों को इस पर आपत्ति थी, इसलिए इसे बहुत ही संघर्ष के बाद राष्ट्रगीत का दर्जा मिला। इसे राष्ट्रगीत बनाने में देश की जनता का ही हाथ है। लोगों में यह गीत बेहद लोकप्रिय रहा है और आज भी है।

2003 में बीबीसी वर्ल्ड सर्विस द्वारा आयोजित एक अन्तरराष्ट्रीय सर्वेक्षण में, जिसमें उस समय तक के सबसे मशहूर दस गीतों का चयन करने के लिये दुनिया भर से लगभग 7,000 गीतों को चुना गया था और बीबीसी के अनुसार 155 देशों-द्वीप के लोगों ने इसमें मतदान किया था उसमें वन्दे मातरम् शीर्ष के 10 गीतों में दूसरे स्थान पर था।

दरअसल बंगाल में चले स्वाधीनता-आन्दोलन के दौरान विभिन्न रैलियों में जोश भरने के लिए यह गीत गाया जाने लगा था।

धीरे-धीरे यह गीत लोगों में अत्यधिक लोकप्रिय हो गया। ब्रिटिश सरकार इसकी लोकप्रियता से भयाक्रान्त हो उठी और उसने इस पर प्रतिबन्ध लगाने पर विचार करना शुरू कर दिया।

आर्य प्रिन्टिंग प्रेस, लाहौर तथा भारतीय प्रेस, देहरादून से सन् 1929 में प्रकाशित काकोरी के शहीद पं. राम प्रसाद बिस्मिल की प्रतिबन्धित पुस्तक 'क्रान्ति गीतांजलि' में पहला गीत मातृ-वन्दना वन्दे मातरम् के रूप में ही था, जिसमें उन्होंने केवल इस गीत के दो ही पद दिये थे और उसके बाद इस गीत की प्रशस्ति में वन्दे मातरम् शीर्षक से एक स्वरचित उर्दू गजल दी थी, जो उस कालखण्ड के असंख्य अनाम हुतात्माओं की आवाज को अभिव्यक्ति देती है। ब्रिटिश काल में प्रतिबन्धित यह पुस्तक अब सुसम्पादित होकर पुस्तकालयों में उपलब्ध है।

वंदे मातरम् पर संवाद

स्वाधीनता संग्राम में इस गीत की निर्णायक भागीदारी के बावजूद जब राष्ट्रगान के चयन की बात आयी, तो वन्दे मातरम् के स्थान पर सन् 1911 में इंग्लैण्ड से भारत आये जार्ज पंचम की स्तुति-प्रशस्ति में रवीन्द्रनाथ ठाकुर द्वारा लिखे व गाये गये गीत जन गण मन को वरीयता दी गयी। सन् 1937 में कांग्रेस ने जवाहरलाल नेहरू की अध्यक्षता में गठित समिति जिसमें मौलाना अबुल कलाम आजाद भी

शामिल थे, ने पाया कि इस गीत के शुरुआती दो पद तो मातृभूमि की प्रशंसा में कहे गये हैं, इसलिये यह निर्णय लिया गया कि इस गीत के शुरुआती दो पदों को ही राष्ट्र-गीत के रूप में प्रयुक्त किया जायेगा। इस तरह गुरुदेव रवीन्द्रनाथ ठाकुर के 'जन-गण-मन अधिनायक जय हे' को यथावत राष्ट्रगान ही रहने दिया गया और मोहम्मद इकबाल के कौमी तराने 'सारे जहां से अच्छा' के साथ बंकिमचन्द्र चटर्जी द्वारा रचित प्रारम्भिक दो पदों का गीत वन्दे मातरम् राष्ट्रगीत स्वीकृत हुआ। स्वतन्त्रता प्राप्ति के बाद डॉ. राजेन्द्र प्रसाद ने संविधान सभा में 24 जनवरी, 1950 में वन्दे-मातरम् को राष्ट्रगीत के रूप में अपनाने सम्बन्धी वक्तव्य पढ़ा, जिसे स्वीकार कर लिया गया।

डॉ. राजेन्द्र प्रसाद का संविधान सभा को दिया गया वक्तव्य इस प्रकार है – शब्दों व संगीत की वह रचना जिसे जन गण मन से सम्बोधित किया जाता है, भारत का राष्ट्रगान है। बदलाव के ऐसे विषय, अवसर आने पर सरकार अधिकृत करे, और वन्दे-मातरम् गान,

हिमालय पर्वत
गंगा नदी
अरब सागर
बंगाल की खाड़ी

जिसने कि भारतीय स्वतन्त्रता संग्राम में ऐतिहासिक भूमिका निभायी है, को जन गण मन के समकक्ष सम्मान व पद मिले। (हर्षध्वनि)। मैं आशा करता हूं कि यह सदस्यों को सन्तुष्ट करेगा।

(भारतीय संविधान परिषद्, द्वादश खण्ड, 24-1-1950)

वरिष्ठ साहित्यकार मदनलाल वर्मा क्रान्त ने इस गीत का हिन्दी में, स्वाधीनता संग्राम के स्वदेशी आन्दोलन से लेकर साहित्य व आध्यात्मिक साधना के अद्‍भुत व्यक्तित्व महर्षि अरविन्द ने अंग्रेजी में और वर्तमान राजनीति में राष्ट्रीयता के ध्वजवाहक आरिफ मोहम्मद खान ने इसका उर्दू में अनुवाद किया है। सन् 1882 में प्रकाशित इस गीत को सर्वप्रथम 7 सितम्बर, 1905 के कांग्रेस अधिवेशन में राष्ट्रगीत का दर्जा दिया गया था। इसीलिये सन् 2005 में इसके सौ वर्ष पूरे होने पर साल भर समारोह का आयोजन किया गया। 7 सितम्बर, 2006 को इस समारोह के समापन के अवसर पर मानव संसाधन मन्त्रालय ने इस गीत को स्कूलों में गाये जाने पर विशेष बल दिया। आप जानते ही हैं कि कुछ लोगों द्वारा इसका विरोध करने पर तत्कालीन मानव संसाधन विकास ने संसद में वक्तव्य दिया कि वन्दे मातरम् गीत गाना किसी के लिये आवश्यक नहीं किया गया है। बच्चों इस तरह के बयान को तुष्टिकरण की नीति कहते हैं। तुष्टिकरण की नीति देश के लिए हितकारी नहीं हो सकती, क्योंकि इसी नीति के कारण भारत का विभाजन हुआ था।

और स्पष्टीकरण

गीत के पहले दो छंदों में मातृभूमि की सुंदरता का गीतात्मक वर्णन

किया गया है। लेकिन 1880 के दशक के मध्य में गीत को नया आयाम मिलना शुरू हो गया। ऐसा इसलिए हुआ, क्योंकि बंकिम चंद्र ने 1881 में अपने उपन्यास आनंदमठ में इस गीत को शामिल कर लिया। उसके बाद कहानी की मांग को देखते हुए उन्होंने इस गीत को लंबा किया। बाद में जोड़े गए हिस्से में ही दशप्रहरणधारिणी, कमला, और वाणी, के उद्धरण दिए गए हैं। लेखक होने के नाते बंकिम चंद्र को ऐसा करने का पूरा अधिकार था।

कर्तव्य का सवाल

क्या किसी को कोई गीत गाने के लिये मजबूर किया जा सकता है अथवा नहीं? यह प्रश्न सर्वोच्च न्यायालय के समक्ष बिजोय एम्मानुएल वर्सेस केरल राज्य, नाम के एक वाद में उठाया गया। इस वाद में कुछ विद्यार्थियों को स्कूल से इसलिये निकाल दिया गया था, क्योंकि उन्होंने राष्ट्र-गान जन गण मन को गाने से मना कर दिया था। ये विद्यार्थी स्कूल में राष्ट्रगान के समय इसके सम्मान में खड़े होते थे तथा इसका सम्मान करते थे, पर गीत को गाते नहीं थे। गाने के लिये उन्होंने मना कर दिया था।

सर्वोच्च न्यायालय ने उनकी याचिका स्वीकार कर ली और स्कूल को उन्हें वापस लेने को कहा। सर्वोच्च न्यायालय का कहना था कि यदि कोई व्यक्ति राष्ट्रगान का सम्मान तो करता है, पर उसे गाता नहीं है, तो इसका मतलब यह नहीं कि वह इसका अपमान कर रहा है। अतः इसे न गाने के लिये उस व्यक्ति को दण्डित या प्रताड़ित नहीं किया जा सकता। चूंकि वन्दे मातरम् इस देश का राष्ट्रगीत है, अतः

इसको जबरदस्ती गाने के लिये मजबूर करने पर भी यही कानून व नियम लागू होगा।

उच्चारण का सवाल

यदि बांग्ला भाषा को ध्यान में रखा जाय तो इसका शीर्षक बन्दे मातरम् होना चाहिये वन्दे मातरम् नहीं। चूंकि हिन्दी व संस्कृत भाषा में वन्दे शब्द ही सही है, लेकिन यह गीत मूलरूप में बांग्ला लिपि में लिखा गया था और चूंकि बांग्ला लिपि में व अक्षर है ही नहीं अतः बन्दे मातरम् शीर्षक से ही बंकिम चन्द्र चट्टोपाध्याय ने इसे लिखा था। इस तथ्य को ध्यान में रखते हुए शीर्षक बन्दे मातरम् होना चाहिये था। परन्तु संस्कृत में बन्दे मातरम् का कोई शब्दार्थ नहीं है तथा वन्दे मातरम् उच्चारण करने से माता की वन्दना करता हूं, ऐसा अर्थ निकलता है, अतः देवनागरी लिपि में इसे वन्दे मातरम् ही लिखना व पढ़ना समीचीन होगा।

मूल वंदे मातरम् गीत

वन्दे मातरम्।
सुजलां सुफलां मलयजशीतलाम्,
शस्यश्यामलां मातरम्। वन्दे मातरम् ।।1।।

शुभ्रज्योत्स्ना पुलकितयामिनीम्,
फुल्लकुसुमित द्रुमदलशोभिनीम्,
सुहासिनीं सुमधुरभाषिणीम्,

सुखदां वरदां मातरम्। वन्दे मातरम् ।।2।।
कोटि-कोटि कण्ठ कल-कल निनाद कराले,
कोटि-कोटि भुजैर्धृत खरकरवाले,
के बॉले मां तुमि अबले,
बहुबलधारिणीं नमामि तारिणीम्,
रिपुदलवारिणीं मातरम्। वन्दे मातरम् ।।3।।

तुमि विद्या तुमि धर्म,
तुमि हृदि तुमि मर्म,
त्वं हि प्राणाः शरीरे,
बाहुते तुमि मां शक्ति,
हृदये तुमि मां भक्ति,
तोमारेई प्रतिमा गड़ि मन्दिरे-मन्दिरे। वन्दे मातरम् ।।4।।

त्वं हि दुर्गा दशप्रहरणधारिणी,
कमला कमलदलविहारिणी,
वाणी विद्यादायिनी, नमामि त्वाम्,
नमामि कमलां अमलां अतुलाम्,
सुजलां सुफलां मातरम्। वन्दे मातरम् ।।5।।

श्यामलां सरलां सुस्मितां भूषिताम्,
धरणीं भरणीं मातरम्। वन्दे मातरम् ।।6।।

मूल वंदे मातरम् गीत का अनुवाद

आनन्दमठ के हिन्दी, मराठी, तमिल, तेलुगू, कन्नड़ आदि अनेक भारतीय भाषाओं के अतिरिक्त अंग्रेजी-अनुवाद भी प्रकाशित हुए। डॉ. नरेशचन्द्र सेनगुप्त ने सन् 1906 में इसका अंग्रेजी-अनुवाद प्रकाशित किया। अरविन्द घोष ने आनन्दमठ में वर्णित गीत वन्दे मातरम् का अंग्रेजी गद्य और पद्य में अनुवाद किया। महर्षि अरविन्द द्वारा किए गये अंग्रेजी गद्य-अनुवाद का हिन्दी-अनुवाद इस प्रकार है :

मैं आपके सामने नतमस्तक होता हूं।

ओ माता!
पानी से सींची, फलों से भरी,
दक्षिण की वायु के साथ शान्त,
कटाई की फसलों के साथ गहरी,
ओ माता!
उसकी रातें चांदनी की
गरिमा में प्रफुल्लित हो रही हैं,
उसकी जमीन खिलते फूलों वाले
वृक्षों से बहुत सुन्दर ढकी हुई है,
हंसी की मिठास, वाणी की मिठास,
माता! वरदान देने वाली, आनन्द देने वाली।

हिन्दी काव्य अनुवाद

इस गीत का हिन्दी-काव्यानुवाद क्रान्त संस्कृत हिन्दी बालोपयोगी संस्कार रचनावली अर्चना में मिलता है। लेखक ने इसे उर्दू के मशहूर शायर

मोहम्मद इकबाल के सुप्रसिद्ध कौमी तराने 'सारे जहां से अच्छा' हिन्दोस्तां हमारा की धुन को ध्यान में रखकर लिखा था। उक्त कृति में सामूहिक राष्ट्रगान शीर्षक से दिया गया गीत इस प्रकार

तुझको नमन करें हम, हे मातृभूमि भारत!
हे मातृभूमि भारत! हे पितृभूमि भारत!!
जलवायु अन्न सुमधुर, फल फूल दायिनी मां!
धन धान्य सम्पदा सुख, गौरव प्रदायिनी मां!!
शत-शत नमन करें हम, हे मातृभूमि भारत!

अति शुभ्र ज्योत्स्ना से, पुलकित सुयामिनी है।
द्रुमदल लतादि कुसुमित, शोभा सुहावनी है।।
यह छवि स्वमन धरें हम, हे मातृभूमि भारत!
तुझको नमन करें हम, हे मातृभूमि भारत!!
हे मातृभूमि भारत! हे पितृभूमि भारत!!

कसकर कमर खड़े हैं, हम कोटि सुत तिहारे।
क्या है मजाल कोई, दुश्मन तुझे निहारे।।
अरि-दल दमन करें हम, हे मातृभूमि भारत!
तुझको नमन करें हम, हे मातृभूमि भारत!!
हे मातृभूमि भारत! हे पितृभूमि भारत!!

तू ही हमारी विद्या, तू ही परम धरम है।
तू ही हमारा मन है, तू ही वचन करम है।।
तेरा भजन करें हम, हे मातृभूमि भारत!

तुझको नमन करें हम, हे मातृभूमि भारत!!
हे मातृभूमि भारत! हे पितृभूमि भारत!!

तेरा मुकुट हिमालय, उर-माल यमुना-गंगा।
तेरे चरण पखारे, उच्छल जलधि तरंगा।।
अर्पित सु-मन करें हम, हे मातृभूमि भारत!
तुझको नमन करें हम, हे मातृभूमि भारत!!
हे मातृभूमि भारत! हे पितृभूमि भारत!!

बैठा रखी है हमने, तेरी सु-मूर्ति मन में।
फैला के हम रहेंगे, तेरा सु-यश भुवन में।।
गुंजित गगन करें हम, हे मातृभूमि भारत!
तुझको नमन करें हम, हे मातृभूमि भारत!!
हे मातृभूमि भारत! हे पितृभूमि भारत!!

पूजा या पन्थ कुछ हो, मानव हर-एक नर है।
हैं भारतीय हम सब, भारत हमारा घर है।।
ऐसा मनन करें हम, हे मातृभूमि भारत!
तुझको नमन करें हम, हे मातृभूमि भारत!!
हे मातृभूमि भारत! हे पितृभूमि भारत!!

इतिहास के पन्नों में वंदे मातरम्

❋ 7 नवंबर 1876 में बंगाल के कांतल पाडा गांव में बंकिम चन्द्र चट्टोपाध्याय ने वंदे मातरम् की रचना की।

- 1882 में वंदे मातरम बंकिम चन्द्र चट्टोपाध्याय के प्रसिद्ध उपन्यास आनंद मठ में सम्मिलित हुआ।
- 1896 में रवीन्द्रनाथ टैगोर ने पहली बार 'वंदे मातरम्' को बंगाली शैली में लय और संगीत के साथ कलकत्ता के कांग्रेस अधिवेशन में गाया।
- मूल रूप से 'वंदे मातरम्' के प्रारंभिक दो पद संस्कृत में थे, जबकि शेष गीत बांग्ला भाषा में।
- वंदे मातरम् का अंग्रेजी अनुवाद सबसे पहले अरविंद घोष ने किया।
- दिसम्बर 1905 में कांग्रेस कार्यकारिणी की बैठक में गीत को राष्ट्रगीत का दर्जा प्रदान किया गया, बंग भंग आंदोलन में 'वंदेमातरम्' राष्ट्रीय नारा बना।
- 1906 में 'वंदे मातरम्' देवनागरी लिपि में प्रस्तुत किया गया, कांग्रेस के कलकत्ता अधिवेशन में गुरुदेव रवीन्द्रनाथ टैगोर ने इसका संशोधित रूप प्रस्तुत किया।
- 1923 में कांग्रेस अधिवेशन में वंदे मातरम् के विरोध में स्वर उठे। पं. नेहरू, मौलाना अबुल कलाम आजाद, सुभाष चंद्र बोस और आचार्य नरेन्द्र देव की समिति ने 28 अक्तूबर 1937 को कांग्रेस के कलकत्ता अधिवेशन में पेश अपनी रिपोर्ट में इस राष्ट्रगीत के गायन को अनिवार्य बाध्यता से मुक्त रखते हुए कहा था कि इस गीत के शुरुआती दो पद ही प्रासंगिक हैं, इस समिति का मार्गदर्शन रवीन्द्रनाथ टैगोर ने किया।

* 14 अगस्त, 1947 की रात्रि में संविधान सभा की पहली बैठक का प्रारंभ 'वंदे मातरम्' के साथ और समापन 'जन गण मन...' के साथ हुआ।
* 1950 'वंदे मातरम्' राष्ट्रीय गीत और 'जन गण मन' राष्ट्रीय गान बना।
* 2003 बी.बी.सी. के एक सर्वेक्षण के अनुसार 'वंदे मातरम्' विश्व का दूसरा सर्वाधिक लोकप्रिय गीत है।

हमारा राष्ट्रगान : जन गण मन

बच्चों आपने अब तक वंदे मातरम् के बारे में पढ़ा। हमने वंदे मातरम् के वास्तविक इतिहास से आपको परिचित कराया है, ताकि आप वंदे मातरम् के बारे में सबकुछ सच-सच जान सकें। अब हम आपको हमारे राष्ट्रगान के बारे में बताते हैं। राष्ट्रगान तो आप अपने स्कूल में हर दिन गाते ही होंगे, क्योंकि स्कूलों में इसका गायन अनिवार्य है। रवीन्द्रनाथ टैगोर द्वारा संक्षिप्त जन गण मन के नाम से प्रख्यात शब्दों और संगीत की रचना, भारत का राष्ट्रगान है। राष्ट्रगान का हिन्दी में अनुवादित संस्करण पढ़ा जाता है, लेकिन हम पहले इसके मूल बंगाली गीत से आपको अवगत कराते हैं –

जॉनोगॉनोमोनो-ओधिनायोको जॉयॉ हे
भारोतोभाग्गोबिधाता!
पॉन्जाबो शिन्धु गुजोराटो मॉराठा
द्राबिड़ो उत्कॉलो बॉङ्गो,
बिन्धो हिमाचॉलो जोमुना गॉङ्गा
उच्छॉलोजॉलोधितोरोङ्गो,
तॉबो शुभो नामे जागे, तॉबो शुभ आशिश मागे,
गाहे तॉबो जॉयोगाथा।
जॉनोगॉनोमोङ्गोलोदायोको जॉयॉ हे
भारोतोभाग्गोबिधाता!
जॉयो हे, जॉयो हे, जॉयो हे,
जॉयो जॉयो जॉयो, जॉयो हे

बंगाली

জনগণমন-অধিনায়ক জয় হে ভারতভাগ্যবিধাতা!
পঞ্জাব সিন্ধু গুজরাট মরাঠা দ্রাবিড় উৎকল বঙ্গ
বিন্ধ্য হিমাচল যমুনা গঙ্গা উচ্ছলজলধিতরঙ্গ
তব শুভ নামে জাগে, তব শুভ আশিস মাগে,
গাহে তব জয় গাথা!
জনগণমঙ্গলদায়ক জয় হে ভারতভাগ্যবিধাতা!
জয় হে, জয় হে, জয় হে, জয় জয় জয় জয় হে ॥

অহরহ তব আহ্বান প্রচারিত, শুনি তব উদার বাণী
হিন্দু বৌদ্ধ শিখ জৈন পারসিক মুসলমান খৃস্টানী
পূরব পশ্চিম আসে তব সিংহাসন-পাশে
প্রেমহার হয় গাঁথা।
জনগণ-ঐক্য-বিধায়ক জয় হে জয় হে ভারতভাগ্যবিধাতা!
জয় হে, জয় হে, জয় হে, জয় জয় জয় জয় হে ॥

পতন-অভ্যুদয়-বন্ধুর পন্থা, যুগ যুগ ধাবিত যাত্রী।
হে চিরসারথি, তব রথচক্রে মুখরিত পথ দিনরাত্রি।
দারুণ বিপ্লব-মাঝে তব শঙ্খধ্বনি বাজে
সঙ্কটদুঃখত্রাতা।
জনগণপথপরিচায়ক জয় হে ভারতভাগ্যবিধাতা!
জয় হে, জয় হে, জয় হে, জয় জয় জয় জয় হে ॥

ঘোরতিমিরঘন নিবিড় নিশীথে পীড়িত মূর্ছিত দেশে
জাগ্রত ছিল তব অবিচল মঙ্গল নতনয়নে অনিমেষে।
দুঃস্বপ্নে আতঙ্কে রক্ষা করিলে অঙ্কে
স্নেহময়ী তুমি মাতা।
জনগণমনদুঃখত্রায়ক জয় হে ভারতভাগ্যবিধাতা!
জয় হে, জয় হে, জয় হে, জয় জয় জয় জয় হে ॥

রাত্রি প্রভাতিল, উদিল রবিচ্ছবি পূর্ব-উদয়গিরিভালে---
গাহে বিহঙ্গম, পূণ্য সমীরণ নবজীবনরস ঢালে।
তব করুণারুণরাগে নিদ্রিত ভারত জাগে
তব চরণে নত মাথা।
জয় জয় জয় হে, জয় রাজেশ্বর ভারতভাগ্যবিধাতা!
জয় হে, জয় হে, জয় হে, জয় জয় জয় জয় হে ॥

तेलुगू

జన-గణ-మన-అధినాయక, జయ హే
భారత-భాగ్య-విధాతా
పంజాబ-సింధు-గుజరాత-మరాఠా-
ద్రావిడ-ఉత్కళ-బంగా
వింధ్య హిమాచల యమునా గంగా
ఉచ్ఛల జలధి తరంగా
తవ శుభ నామే జాగే
తవ శుభ ఆశిష మాగే
గాహే తవ జయ-గాథా
జన-గణ-మంగళదాయక, జయ హే
భారత-భాగ్య-విధాతా
జయ హే, జయ హే, జయ హే,
జయ జయ జయ, జయ హే

आंग्ल

Thou art the rulers of the minds of all people,
dispenser of India's destiny.
Thy name rouses the hearts of
Punjab, Sind, Gujarat, and Maratha,
Of the Dravida and Orissa and Bengal;
It echoes in the hills of
the Vindhyas and Himalayas,
mingles in the music of the Yamuna and Ganga
and is chanted by the waves of the Indian Sea.
They pray for thy blessings and sing thy praise.
The saving of all people waits in thy hand,
Thou dispenser of India's destiny.
Victory, victory, victory to thee.

हिन्दी

जन-गण-मन अधिनायक, जय हे
भारत-भाग्य-विधाता,
पंजाब-सिंधु गुजरात-मराठा,
द्राविड़-उत्कल बंग,
विन्ध्य-हिमाचल-यमुना गंगा,
उच्छल-जलधि-तरंग,
तव शुभ नामे जागे,
तव शुभ आशिष मांगे,
गाहे तव जय गाथा,
जन-गण-मंगल दायक जय हे
भारत-भाग्य-विधाता
जय हे, जय हे, जय हे
जय जय जय जय हे।

उपरोक्त राष्ट्रगान का पूर्ण संस्करण है। इसकी कुल अवधि 52 सेकंड है और इसे 49 से 52 सेकंड के बीच में भी गाया जाना चाहिए। राष्ट्र गान की पहली और अंतिम पंक्तियों के साथ एक संक्षिप्त संस्करण भी कुछ विशिष्ट अवसरों पर बजाया जाता है। इसे इस प्रकार पढ़ा जाता है –

जन-गण-मन अधिनायक, जय हे
भारत-भाग्य-विधाता,
जय हे, जय हे, जय हे
जय जय जय जय हे।

संक्षिप्त संस्करण को चलाने की अवधि लगभग 20 सेकंड है।

राष्ट्रगान का अर्थ

जन गण मन अधिनायक जय हे,
(हे भारत के जन गण और मन के नायक)
भारत-भाग्य-विधाता
(आप भारत के भाग्य के विधाता हैं)
पंजाब, सिंध, गुजरात, मराठा,
(वह भारत जो पंजाब, सिंध, गुजरात, महाराष्ट्र)
द्राविड़, उत्कल, बंग
(तमिलनाडु, उड़ीसा, और बंगाल जैसे प्रदेश से बना है)
विन्ध्य, हिमाचल, यमुना-गंगा,
(जहां विन्ध्याचल तथा हिमालय जैसे पर्वत हैं और यमुना-गंगा जैसी नदियां हैं)
उच्छल जलधि तरंगा
(और जिनकी तरंगे उच्छश्रृंखल होकर उठतीं हैं)
तव शुभ नामे जागे
(आपका शुभ नाम लेकर ही प्रातः उठते हैं)
तव शुभ आशिष मांगे
(और आपके आशीर्वाद की याचना करते हैं)
जन-गण-मंगलदायक जय हे,
(आप हम सभी जनों का मंगल करने वाले हैं, आपकी जय हो)
भारत भाग्य विधाता

(आप भारत के भाग्य विधाता हैं)
जय हे, जय हे, जय हे,
(आपकी जय हो, जय हो, जय हो)
जय, जय, जय, जय हे
(जय, जय, जय, जय हो)

राष्ट्रगान के बाद वाले पद

अहरह तव आह्वान प्रचारित,
शुनि तव उदार बाणी।
हिन्दु बौद्ध शिख जैन पारसिक,
मुसलमान ख्रिस्तानी।
पूरब-पश्चिम आसे,
तव सिंहासन पाशेय प्रेमहार जय गांथा।
जन-गण-ऐक्य-विधायक जय हे,
भारत-भाग्य-विधाता।
जय हे, जय हे, जय हे,
जय जय जय, जय हे।।
पतन-अभ्युदय-वन्धुर-पन्था,
युग-युग-धावित यात्री।
हे चिर सारथि, तव रथचक्रे,
मुखरित पथ दिन रात्री।
दारुण विप्लव-माझे, तव शंखध्वनि बाजे,
हे संकटदुःखत्रता।

जन-गण-पथ-परिचायक जय हे,
भारत-भाग्य-विधाता।
जय हे, जय हे, जय हे,
जय जय जय, जय हे।।
घोर तिमिरघन निविड़् निशीथे,
पीड़ित मूर्च्छित देशे।
जागृत छिल तव अविचल मंगल,
नत नयने अनिमेषे।
दुःस्वप्ने आतंके, रक्षा करिले अंके,
स्नेहमयी तुमि माता।
हे जन-गण-दुःखत्रयक जय हे,
भारत-भाग्य-विधाता।
जय हे, जय हे, जय हे,
जय जय जय, जय हे।।
रात्रि प्रभातिल, उदिल रविच्छवि,
पूर्ब-उदयगिरिभाले।
गाहे विहंगम, पुण्य समीरण,
नवजीवनरस ढाले।
तव करुणारुणरागे, निद्रित भारत जागे,
तव चरणे नत माथा।
जय जय जय हे, जय राजेश्वर!!
भारत-भाग्य-विधाता।
जय हे, जय हे, जय हे,
जय जय जय, जय हे।।

राष्ट्रगान संहिता

भारत का राष्ट्रगान अनेक अवसरों पर बजाया या गाया जाता है। राष्ट्र गान के सही संस्करण के बारे में समय-समय पर अनुदेश जारी किए गए हैं, इनमें वे अवसर जिन पर इसे बजाया या गाया जाना चाहिए और इन अवसरों पर उचित गौरव का पालन करने के लिए राष्ट्रगान को सम्मान देने की आवश्यकता के बारे में बताया जाता है। सामान्य सूचना और मार्गदर्शन के लिए इस सूचना पत्र में इन अनुदेशों का सारांश निहित किया गया है।

राष्ट्रगान बजाना

राष्ट्रगान का पूर्ण संस्करण निम्नलिखित अवसरों पर बजाया जाएगा –

* नागरिक और सैन्य
* जब राष्ट्र सलामी देता है,
* परेड के दौरान
* चाहे उपरोक्त (2) में संदर्भित विशिष्ट अतिथि उपस्थित हों या नहीं
* औपचारिक राज्य कार्यक्रमों और सरकार द्वारा आयोजित अन्य कार्यक्रमों में राष्ट्रपति के आगमन पर और सामूहिक कार्यक्रमों में तथा इन कार्यक्रमों से उनके वापस जाने के अवसर पर

* ऑल इंडिया रेडियो पर राष्ट्रपति के राष्ट्र को संबोधन से तत्काल पूर्व और उसके पश्चात
* राज्यपाल-लेफ्टिनेंट गवर्नर के उनके राज्य संघ राज्य के अंदर औपचारिक राज्य कार्यक्रमों में आगमन पर तथा इन कार्यक्रमों से उनके वापस जाने के समय
* जब राष्ट्रीय ध्वज को परेड में लाया जाए
* जब रेजीमेंट के रंग प्रस्तुत किए जाते हैं
* नौसेना के रंगों को फहराने के लिए
* राष्ट्रगान का संक्षिप्त संस्करण मेस में सलामती की शुभकामना देते समय बजाया जाएगा।
* राष्ट्रगान उन अन्य अवसरों पर बजाया जाएगा, जिनके लिए भारत सरकार द्वारा विशेष आदेश जारी किए गए हैं।
* आमतौर पर राष्ट्रगान प्रधानमंत्री के लिए नहीं बजाया जाएगा, जबकि ऐसा विशेष अवसर हो सकते हैं, जब इसे बजाया जाए।
* जब राष्ट्रगान एक बैंड द्वारा बजाया जाता है, तो राष्ट्रगान के पहले श्रोताओं की सहायता हेतु ड्रमों का एक क्रम बजाया जाएगा, ताकि वे जान सकें कि अब राष्ट्रगान आरंभ होने वाला है। अन्यथा इसके कुछ विशेष संकेत होने चाहिए कि अब राष्ट्रगान को बजाना आरंभ होने वाला है। उदाहरण के लिए जब राष्ट्रगान बजाने से पहले एक विशेष प्रकार की धूमधाम की ध्वनि निकाली जाए या जब राष्ट्रगान के साथ सलामती की शुभकामनाएं भेजी जाएं या

जब राष्ट्रगान गार्ड ऑफ ओनर द्वारा दी जाने वाली राष्ट्रीय सलामी का भाग हो। मार्चिंग ड्रिल के संदर्भ में रोल की अवधि धीमे मार्च में सात कदम होगी। यह रोल धीरे से आरंभ होगा, ध्वनि के तेज स्तर तक जितना अधिक संभव हो ऊंचा उठेगा और तब धीरे से मूल कोमलता तक कम हो जाएगा, किन्तु सातवीं बीट तक सुनाई देने योग्य बना रहेगा। तब राष्ट्र गान आरंभ करने से पहले एक बीट का विश्राम लिया जाएगा।

राष्ट्रगान का सामूहिक गायन

राष्ट्रगान का पूर्ण संस्करण निम्नलिखित अवसरों पर सामूहिक गान के साथ बजाया जाएगा :

* राष्ट्रीय ध्वज को फहराने के अवसर पर, सांस्कृतिक अवसरों पर या परेड के अलावा अन्य समारोह पूर्ण कार्यक्रमों में।
* सरकारी या सार्वजनिक कार्यक्रम में राष्ट्रपति के आगमन के अवसर पर, और इन कार्यक्रमों से उनके विदा होने के तत्काल पहले।
* राष्ट्रगान को गाने के सभी अवसरों पर सामूहिक गान के साथ इसके पूर्ण संस्करण का उच्चारण किया जाएगा।
* राष्ट्रगान उन अवसरों पर गाया जाए, जो पूरी तरह से समारोह के रूप में न हो, तथापि इनका कुछ महत्व हो, जिसमें मंत्रियों आदि की उपस्थिति शामिल हो। इन अवसरों पर राष्ट्रगान को गाने के साथ, सामूहिक रूप से गायन वांछित होता है।
* यह संभव नहीं है कि अवसरों की कोई एक सूची दी जाए, जिन

अवसरों पर राष्ट्रगान को गाना, गाने की अनुमति दी जा सकती है। परन्तु सामूहिक गान के साथ राष्ट्रगान को गाने पर तब तक कोई आपत्ति नहीं है, जब तक इसे मातृभूमि को सलामी देते हुए आदर के साथ गाया जाए और इसकी उचित गरिमा को बनाए रखा जाए।

* विद्यालयों में, दिन के कार्यों में राष्ट्रगान को सामूहिक रूप से गा कर आरंभ किया जा सकता है। देश के विद्यालय के प्राधिकारियों को राष्ट्रगान के गायन को लोकप्रिय बनाने के लिए अपने कार्यक्रमों में पर्याप्त प्रावधान करने चाहिए तथा उन्हें छात्रों के बीच राष्ट्रीय ध्वज के प्रति सम्मान की भावना को प्रोत्साहन देना चाहिए।

* राष्ट्रगान के गायन की अवधि लगभग 52 सेकेण्ड है। कुछ अवसरों पर राष्ट्र गान संक्षिप्त रूप में भी गाया जाता है, इसमें प्रथम तथा अन्तिम पंक्तियां ही बोलते हैं, जिसमें लगभग 20 सेकेण्ड का समय लगता है। संविधान सभा ने जन-गण-मन को भारत के राष्ट्र-गान के रुप में 24 जनवरी, 1950 को अपनाया था। इसे सर्वप्रथम 27 दिसम्बर, 1911 को कांग्रेस के कलकत्ता अधिवेशन में गाया गया था। पूरे गान में 5 पद हैं।

* राष्ट्रगान 'जन गण मन अधिनायक जय हे भारत भाग्य विधाता' की धुन राम सिंह ठाकुर ने कम्पोज की थी। गीत के रचयिता गुरुदेव रविन्द्रनाथ टैगोर थे। गुरुदेव का यह गीत पहली बार इंडियन नेशनल कांग्रेस के कोलकाता अधिवेशन में 27 दिसम्बर 1911 को गाया गया था।

सामान्य जानकारी

जब राष्ट्रगान गाया या बजाया जाता है, तो श्रोताओं को सावधान की मुद्रा में खड़े रहना चाहिए। यद्यपि जब किसी चल-चित्र के भाग के रूप में राष्ट्र गान को किसी समाचार की गतिविधि या संक्षिप्त चलचित्र के दौरान बजाया जाए, तो श्रोताओं से अपेक्षित नहीं है कि वे खड़े हो जाएं, क्योंकि उनके खड़े होने से फिल्म के प्रदर्शन में बाधा आएगी और एक असंतुलन और भ्रम पैदा होगा तथा राष्ट्रगान की गरिमा में वृद्धि नहीं होगी।

जैसा कि राष्ट्र ध्वज को फहराने के मामले में होता है, यह लोगों की अच्छी भावना के लिए छोड़ दिया गया है कि वे राष्ट्रगान को गाते

या बजाते समय किसी अनुचित गतिविधि में संलग्न नहीं हों।

बरसों से संगीत सरिता, स्वर सुधा, राग-अनुराग जैसे कार्यक्रम हम सुनते आए हैं। हमें यह पता चल गया है कि ये ढेर सारे फिल्मी गीत कौन-कौन से राग पर आधारित हैं। पर खेद है कि अब तक यह जानकारी नहीं मिली कि राष्ट्रीय गीत वन्दे मातरम् और राष्ट्रीय गान जन गन मन किन रागों पर आधारित है।

यह दोनों ही रचनाएं बांग्ला भाषा के कवियों से निकली हैं। स्वतंत्रता संघर्ष के दौरान रची गई इन रचनाओं को ये कवि स्वयं जन सभाओं में गाया करते थे, जिससे लगता है कि यह रचनाएं रविन्द्र संगीत में निबद्ध हैं। राष्ट्रीय गान के तो रचनाकार ही रवीन्द्रनाथ टैगोर हैं। बंकिम चन्द्र द्वारा रचित वन्दे मातरम् तो बहुत लम्बी रचना है, जिसमें मां दुर्गा की शक्ति का भी बखान है, पर पहले अंतरे के साथ इसे सरकारी गीत के रूप में मान्यता मिली है और इसे राष्ट्रीय गीत का दर्जा देकर इसकी न केवल धुन, बल्कि गीत की अवधि तक संविधान सभा द्वारा तय की गई है, जो 52 सेकेण्ड है। इस तरह लगता है कि राष्ट्रीय गान और गीत के न सिर्फ राग बल्कि इसमें बजने वाले साज भी लगभग तय हैं।

राष्ट्रगान को लेकर भी विवाद

बच्चों अब आप जान गए होंगे कि जन गण मन, भारत का राष्ट्र गान है, जो मूलतः बांग्ला में गुरुदेव रवीन्द्रनाथ ठाकुर द्वारा लिखा गया था। भारत का राष्ट्रीय गीत वन्दे मातरम् है। हमने आपको बताया कि वंदे मातरम् को लेकर कुछ विवाद भी हैं, लेकिन विवाद तो जन गण मन को लेकर भी हैं। हम सच्चा इतिहास बताने के लिए आपको इस विवाद से भी अवगत कराना चाहते हैं, क्योंकि इतिहास इतिहास ही होता है, उसके साथ हम कोई खिलवाड़ नहीं कर सकते।

वैसे तो आप जानते ही हैं कि रवीन्द्रनाथ ठाकुर विश्व के एकमात्र व्यक्ति हैं, जिनकी रचना को एक से अधिक देशों में राष्ट्रगान का दर्जा प्राप्त है। उनकी एक दूसरी कविता आमार सोनार बांग्ला को आज भी बांग्लादेश में राष्ट्रगान का दर्जा प्राप्त है। और इससे अधिक मजेदार बात यह है कि बांग्लादेश के इस राष्ट्रगान को संगीत प्रदान करने वाला व्यक्ति एक नेपाली है।

मदन लाल वर्मा क्रान्त की पुस्तक स्वाधीनता संग्राम के क्रान्तिकारी साहित्य का इतिहास (भाग-एक) की पृष्ठ संख्या 150 पर भारत भाग्य विधाता शीर्षक से रवीन्द्रनाथ ठाकुर का पूरा गीत इस तथ्यात्मक टिप्पणी के साथ दिया गया है : भारत के मुक्ति संग्राम में सन् 1911 का वर्ष राजनीतिक दृष्टि से सभी के लिये हर्ष का विषय था, क्योंकि इसी वर्ष इंग्लैण्ड से जार्ज पंचम हिन्दुस्तान आये थे। बंग-भंग का निर्णय रद हुआ था, जिसके कारण भारतीयों में अंग्रेजों के न्याय के प्रति विश्वास पैदा हुआ। साहित्यकार भी इससे अछूते नहीं रहे।

बद्रीनारायण चौधरी प्रेमघन ने जार्ज पंचम की स्तुति में सौभाग्य समागम, अयोध्यासिंह उपाध्याय हरिऔध ने शुभ स्वागत, श्रीधर पाठक ने श्री जार्ज वन्दना तथा नाथूराम शर्मा शंकर ने महेन्द्र मंगलाष्टक जैसी हिन्दी में उत्कृष्ट भक्तिभाव की रचनायें लिखकर राजभक्ति प्रदर्शित की थी। फिर भला रवीन्द्रनाथ ठाकुर कैसे पीछे रहते! उन्होंने 1911 में भारत भाग्य विधाता गीत की रचना की।

उस समय टैगोर का परिवार अंग्रेजों के काफी नजदीक हुआ करता था, उनके परिवार के बहुत से लोग ईस्ट इंडिया कंपनी के लिए काम किया करते थे, उनके बड़े भाई अवनीद्र नाथ टैगोर बहुत दिनों तक ईस्ट इंडिया कंपनी के कलकत्ता डिविजन के निदेशक रहे। उनके परिवार का बहुत पैसा ईस्ट इंडिया कंपनी में लगा हुआ था। और खुद रवीन्द्रनाथ टैगोर की बहुत सहानुभूति थी अंग्रेजों के लिए। रवीन्द्रनाथ टैगोर ने मन से या बेमन से जो गीत लिखा उसके बोल हैं जन गण मन अधिनायक जय हे भारत भाग्य विधाता। इस गीत के सारे के सारे शब्दों में तत्कालीन शासक का गुणगान है, लेकिन गणेश शंकर विद्यार्थी ने इन बातों का खंडन किया है, क्योंकि हिन्दी में जन गण मन का रूपान्तरण सबसे पहले उन्होंने ही अपने 'प्रताप' अखबार में किया था। कुछ लोग तो यहां तक भी आरोप लगाते हैं कि जार्ज पंचम को इस गीत का अर्थ समझ में ही नहीं आया था और जब अंग्रेजी अनुवाद उसने सुना तो वह बोला कि इतना सम्मान तो मुझे इंग्लैंड में भी नहीं मिला, जितना भारत में मिला है। कहते हैं कि गुरुदेव को नोबेल जार्ज पंचम के कारण ही मिला था, क्योंकि जार्ज पंचम उस समय नोबेल पुरस्कार समिति का अध्यक्ष भी था। लेकिन

यह सब तथ्य सही नहीं हैं, गुरुदेव को नोबेल तो उनकी अमर कृति गीतांजलि के कारण मिला है। सच तो यह है कि रवीन्द्रनाथ टैगोर ने 1919 में जब जलियां वाला कांड हुआ, तो उन्होंने इस काण्ड का विरोध किया और नोबेल पुरस्कार अंग्रेजी हुकूमत को लौटा दिया, लेकिन इसे वापस स्वीकार नहीं किया गया। उन्हें ब्रिटिश सरकार ने 'सर' की उपाधि दी थी। उन्होंने इसे भी वापस कर दिया था।

हालांकि ऐतिहासिक तथ्य बताते हैं कि रवीन्द्रनाथ टैगोर के बहनोई, सुरेन्द्र नाथ बनर्जी लन्दन में रहते थे। अपने बहनोई को उन्होंने एक पत्र लिखा था (ये 1919 के बाद की घटना है)। इसमें उन्होंने लिखा है कि ये गीत जन गण मन अंग्रेजों के द्वारा मुझ पर दबाव डलवाकर लिखवाया गया है। इसके शब्दों का अर्थ अच्छा नहीं है। इस गीत को नहीं गाया जाये तो अच्छा है। लेकिन अंत में उन्होंने लिख दिया कि इस चिट्ठी को किसी को नहीं दिखाए, क्योंकि मैं इसे सिर्फ आप तक सीमित रखना चाहता हूं, लेकिन जब कभी मेरी मृत्यु हो जाये तो सबको बता दें। 7 अगस्त 1941 को रवीन्द्रनाथ टैगोर की मृत्यु के बाद इस पत्र को सुरेन्द्र नाथ बनर्जी ने सार्वजनिक किया, और सारे देश को ये कहा कि ये जन गन मन गीत न गाया जाये। 1941 तक कांग्रेस पार्टी थोड़ी उभर चुकी थी। लेकिन वह दो खेमों में बंट गई, जिसमें एक खेमे के समर्थक बाल गंगाधर तिलक थे और दूसरे खेमे में मोती लाल नेहरू थे। मतभेद था सरकार बनाने को लेकर। मोती लाल नेहरू चाहते थे कि स्वतंत्र भारत की सरकार अंग्रेजों के साथ कोई संयोजक सरकार बने, जबकि गंगाधर तिलक कहते थे कि अंग्रेजों के साथ मिलकर सरकार बनाना तो भारत के लोगों को धोखा

देना है। इस मतभेद के कारण लोकमान्य तिलक कांग्रेस से निकल गए और उन्होंने गरम दल बनाया। कोंग्रेस के दो हिस्से हो गए। एक नरम दल और एक गरम दल। गरम दल के नेता थे लोकमान्य तिलक जैसे क्रन्तिकारी। वे हर जगह वन्दे मातरम् गाया करते थे। और नरम दल के नेता थे मोती लाल नेहरू (गांधीजी उस समय तक कांग्रेस की आजीवन सदस्यता से इस्तीफा दे चुके थे, वे किसी तरफ नहीं थे, लेकिन गांधी जी दोनों पक्ष के लिए आदरणीय थे, क्योंकि गांधी जी देश के लोगों के आदरणीय थे)। लेकिन नरम दल वाले ज्यादातर अंग्रेजों के साथ रहते थे। उनके साथ रहना, उनको सुनना, उनकी बैठकों में शामिल होना। हर समय अंग्रेजों से समझौते में रहते थे। वन्दे मातरम् से अंग्रेजों को बहुत चिढ़ होती थी। नरम दल वाले गरम दल को चिढ़ाने के लिए 1911 में लिखा गया गीत जन गण मन गाया करते थे और गरम दल वाले वन्दे मातरम्।

नरम दल वाले अंग्रेजों के समर्थक थे और अंग्रेजों को ये गीत पसंद नहीं था। वे सब पहुंचे गांधी जी के पास। गांधी जी ने कहा कि जन गन मन के पक्ष में तो मैं भी नहीं हूं और तुम (नेहरू) वन्दे मातरम् के पक्ष में नहीं हो तो कोई तीसरा गीत तैयार किया जाये। तो महात्मा गांधी ने तीसरा विकल्प झंडा गान के रूप में दिया 'विजयी विश्व तिरंगा प्यारा झंडा ऊंचा रहे हमारा।' लेकिन नेहरू जी उस पर भी तैयार नहीं हुए।

नेहरू जी का तर्क था कि झंडा गान आर्केस्ट्रा पर नहीं बज सकता और जन गन मन आर्केस्ट्रा पर बज सकता है। उस समय बात नहीं बनी, तो नेहरू जी ने इस मुद्दे को गांधी जी की मृत्यु तक टाले रखा

और उनकी मृत्यु के बाद नेहरू जी ने जन गण मन को राष्ट्र गान घोषित कर दिया। संविधान में जो गीत राष्ट्रगीत घोषित किया गया है, हमें उसका सम्मान करना ही चाहिए।

कुछ लोग तो यहां तक आरोप लगाते हैं कि आजादी मिलने के बाद भी माउंटबेटन को वायसराय बनाकर रखने वाले नेहरू जी कोई ऐसा काम नहीं करना चाहते थे, जिससे कि अंग्रेजों के दिल को चोट पहुंचे, जन गण मन को इसलिए तरजीह दी गयी, क्योंकि उसे माउंटबेटन भी पंसद करते थे। वन्देमातरम् इसलिए पीछे रह गया, क्योंकि इस गीत से अंग्रेजों को दर्द होता था।

बीबीसी ने एक सर्वे किया था। उसने पूरे संसार में जितने भी भारत के लोग रहते थे, उनसे पूछा कि आपको दोनों में से कौन सा गीत ज्यादा पसंद है तो 99 प्रतिशत लोगों ने कहा वन्दे मातरम्। बीबीसी के इस सर्वे से एक बात और साफ हुई कि दुनिया के सबसे लोकप्रिय गीतों में दूसरे नंबर पर वन्दे मातरम् है। कई देश हैं जिनके लोगों को इसके बोल समझ में नहीं आते हैं, लेकिन वो कहते हैं कि इसमें जो लय है उससे एक जज्बा पैदा होता है। बच्चो!! हमने ये बात सत्य इतिहास की कही हैं, क्योंकि आपको अपने इतिहास का ज्ञान होना ही चाहिए।

झंडा गीत

भारत के झंडा गीत की रचना श्री श्यामलाल गुप्त पार्षद ने की थी। 7 पद वाले इस मूल गीत से बाद में कांग्रेस ने तीन पद (पद संख्या 1, 6 और 7) को संशोधित करके 'झंडा गीत' के रूप में मान्यता दी। यह गीत न केवल राष्ट्रीय गीत घोषित हुआ, बल्कि अनेक नौजवानों और नवयुवतियों के लिये देश पर मर मिटने हेतु प्रेरणा का स्रोत भी बना।

मूल रूप में लिखा झंडा गीत इस प्रकार है –

विजयी विश्व तिरंगा प्यारा, झंडा ऊंचा रहे हमारा।
सदा शक्ति बरसाने वाला
वीरों को हरसाने वाला
प्रेम-सुधा सरसाने वाला
मातृभूमि का तन-मन सारा, झण्डा ऊंचा रहे हमारा ।1।

लाल रंग बजरंगबली का
हरा अहल इस्लाम अली का
श्वेत सभी धर्मों का टीका
एक हुआ रंग न्यारा-न्यारा, झण्डा ऊंचा रहे हमारा ।2।
है चरखे का चित्र संवारा
मानो चक्र सुदर्शन प्यारा
हरे रंग का संकट सारा
है यह सच्चा भाव हमारा, झण्डा ऊंचा रहे हमारा ।3।
स्वतंत्रता के भीषण रण में
लखकर जोश बढ़े क्षण-क्षण में
कांपे शत्रु देखकर मन में
मिट जाये भय संकट सारा, झण्डा ऊंचा रहे हमारा ।4।
इस झण्डे के नीचे निर्भय
लें स्वराज्य का अविचल निश्चय
बोलो भारत माता की जय
स्वतंत्रता है ध्येय हमारा, झण्डा ऊंचा रहे हमारा ।5।
आओ प्यारे वीरो आओ
देश-धर्म पर बलि-बलि जाओ
एक साथ सब मिल कर गाओ
प्यारा भारत देश हमारा, झण्डा ऊंचा रहे हमारा ।6।
शान न इसकी जाने पाये
चाहे जान भले ही जाये
विश्व विजय कर के दिखलायें
तब होवे प्रण पूर्ण हमारा, झण्डा ऊंचा रहे हमारा ।7।

झंडा गीत का इतिहास

'विजयी विश्व तिरंगा प्यारा, झंडा ऊंचा रहे हमारा' नामक उक्त सुविख्यात झंडा गीत को 1938 के कांग्रेस अधिवेशन में स्वीकार किया गया था। इस गीत की रचना करने वाले श्यामलाल गुप्त पार्षद कानपुर में नरवल के रहने वाले थे। उनका जन्म 16 सितंबर 1893 में वैश्य परिवार में हुआ था। गरीबी में भी उन्होंने उच्च शिक्षा हासिल की थीं। उनमें देशभक्ति का अटूट जज्बा था, जिसे वह प्रायः अपनी ओजस्वी राष्ट्रीय कविताओं में व्यक्त करते थे। कांग्रेस के सक्रिय कार्यकर्ता रहने के बाद वह 1923 में फतेहपुर के जिला कांग्रेस अध्यक्ष भी बने। वह सचिव नाम का एक अखबार भी निकालते थे। जब यह लगभग तय हो गया था कि अब आजादी मिलने ही वाली है, उस वक्त कांग्रेस ने देश के झंडे का चयन कर लिया था। लेकिन एक अलग 'झंडा

गीत' की जरूरत महसूस की जा रही थी। नेताजी सुभाष और गणेश शंकर विद्यार्थी, पार्षद जी के काव्य-कौशल के कायल थे। विद्यार्थी जी ने पार्षद जी से झंडा गीत लिखने का अनुरोध किया। पार्षद जी कई दिनों तक कोशिश करते रहे, पर वह संतोषजनक झंडा गीत नहीं लिख पाए। जब विद्यार्थीजी ने पार्षदजी से साफ-साफ कह दिया कि उन्हें हर हाल में कल सुबह तक झंडा गीत चाहिए, क्योंकि देश की स्वतंत्रता के लिए भगत सिंह जैसे वीरों ने फांसी का फंदा चूमा है, और भी अनेक लोगों ने बलिदान दिया है, क्या तुम इंकलाबियों को सच्ची श्रद्धांजलि नहीं दोगे?

विद्यार्थी जी की बात सुनकर तो वह रात में कागज-कलम लेकर जम गए। आधी रात तक उन्होंने झंडे पर एक नया गीत तो लिख डाला, लेकिन वह खुद उन्हें जमा नहीं। निराश हो कर रात दो बजे जब वह सोने के लिए लेटे, अचानक उनके भीतर नए भाव उमड़ने

लगे। वह बिस्तर से उठ कर नया गीत लिखने बैठ गए। पार्षद जी को लगा जैसे उनकी कलम अपने आप चल रही हो और भारत माता उन से वह गीत लिखा रही हों। यह गीत था : विजयी विश्व तिरंगा प्यारा, झंडा ऊंचा रहे हमारा। गीत लिख कर उन्हें बहुत संतोष मिला।

सुबह होते ही पार्षद जी ने यह गीत विद्यार्थी जी को भेज दिया, जो उन्हें बहुत पसंद आया। जब यह गीत महात्मा गांधी के पास गया, तो उन्होंने गीत को छोटा करने की सलाह दी। आखिर में, 1938 में कांग्रेस के अधिवेशन में नेताजी सुभाषचद्र बोस ने इसे देश के झंडा गीत की स्वीकृति दे दी। यह ऐतिहासिक हरिपुरा अधिवेशन था। नेताजी ने झंडारोहण किया और वहां मौजूद करीब पांच हजार लोगों ने श्यामलाल गुप्त पार्षद के रचे झंडा गीत को एक सुर में गाया।

इस प्रकार राष्ट्रगीत, राष्ट्रगान और राष्ट्रध्वज गीत की वास्तविक कहानी हमने कही है। हमें विश्वास है कि बच्चो!! के लिए यह पुस्तक न केवल प्रेरणादायक सिद्ध होगी, वरन उन्हें अपने इतिहास से भी रू-ब-रू कराएगी।

•••

प्रश्नोत्तरी

1. राष्ट्रीय गीत 'वंदे मातरम्' किसने लिखा?
   (क) शरत्चन्द्र (ख) बंकिमचंद्र
   (ग) रवीन्द्रनाथ ठाकुर (घ) प्रेमचद्र

2. सर्वप्रथम कांग्रेस के अधिवेशन में इस गीत को किस सन् में राष्ट्रीय गीत का दर्जा मिला?
   (क) 2 अक्तूबर, 1920 (ख) 4 अगस्त, 1915
   (ग) 7 सितंबर, 1905 (घ) 21 जुलाई 1910

3. 24 जनवरी, 1950 में भरतीय संविधान परिषद में 'वंदे मातरम्' को राष्ट्रीय गीत के रूप में अपनाने संबंधी वक्तव्य किसने पढ़ा था?
   (क) डॉ. राजेन्द्र प्रसाद (ख) जवाहरलाल नेहरू
   (ग) मौलाना अबुल कलाम आज़ाद
   (घ) डॉ. भीमराव अम्बेडकर

4. बी.बी.सी. के सर्वेक्षण के अनुसार विश्व का दूसरा सर्वाधिक लोकप्रिय राष्ट्रीय गीत कौनसा है?
   (क) जन गण मन (ख) वंदे मातरम्
   (ग) सारे जहो से अच्छा (घ) विजयी विश्व तिरंगा प्यारा

5. भारत के राष्ट्रगान 'जन गण मन' के लेखक कौन थे?
   (क) बंकिमचंद्र (ख) रवीन्द्रनाथ ठाकुर

(ग) सुनील गंगोपाध्याय (घ) सत्यजित रे

6. राष्ट्रगान 'जन गण मन' कितनी अवधि में गाया जाना चाहिए?
   (क) 50 सेकंड (ख) 45 सेकंड
   (ग) 48 सेकंड (घ) 52 सेकंड

7. 'जन गण मन' की धुन किसने कंपोज़ की थी?
   (क) राम सिंह ठाकुर (ख) कुमार गंधर्व
   (ग) पं. भीमसेन जोशी (घ) रवीन्द्रनाथ ठाकुर

8. गांधी जीने राष्ट्र गीत का तीसरा विकल्प कौनसा सामने रखा था।
   (क) ऐ वतन-ऐ वतन (ख) जन गण मन
   (ग) वंदे मातरम् (घ) विजयी विश्व तिरंगा प्यारा

9. 'झंडा गीत' के लेखक कौन थे?
   (क) मैथिलीशरण गुप्त (ख) श्यामला गुप्त पार्षद
   (ग) रामधारी सिंह दिनकर (घ) गोपाल सिंह नेपाली

10. 'वंदे मातरम्' राष्ट्रगीत का प्रकाशन किस पुस्तक में हुआ था?
   (क) आनंदमठ (ख) अरण्यक
   (ग) गीतांजलि (घ) विप्लव

उत्तर

1. ख, 2. ग, 3. क, 4. ख, 5. ख, 6. घ, 7. क, 8. घ, 9. ख, 10. क